大貓熊文豪班 4

跟莊子熊學【古文】

冬漫社 著・繪

野人

Graphic Times 58

著・繪 冬漫社

野人文化股份有限公司
社　　長 張瑩瑩
總 編 輯 蔡麗真
副 主 編 徐子涵
責任編輯 余文馨
專業校對 魏秋綢
行銷經理 林麗紅
行銷企畫 蔡逸萱、李映柔
封面設計 周家瑤
內頁排版 洪素貞

讀書共和國出版集團
社　　長 郭重興
發 行 人 曾大福

出　　版 野人文化股份有限公司
發　　行 遠足文化事業股份有限公司
地址：231 新北市新店區民權路 108-2 號 9 樓
電話：（02）2218-1417　傳真：（02）8667-1065
電子信箱：service@bookrep.com.tw
網址：www.bookrep.com.tw
郵撥帳號：19504465 遠足文化事業股份有限公司
客服專線：0800-221-029
法律顧問 華洋法律事務所　蘇文生律師
印　　製 凱林彩印股份有限公司
初版首刷 2023 年 05 月

國家圖書館出版品預行編目（CIP）資料

大貓熊文豪班 . 4, 跟莊子熊學 (古文)/ 冬漫社著 . 繪 . -- 初版 . -- 新北市 : 野人文化股份有限公司出版 : 遠足文化事業股份有限公司發行 , 2023.05
面；　公分 . -- (Graphic times ; 58)
ISBN 978-986-384-869-1(平裝)

1.CST: 古文 2.CST: 漫畫

835　　112004964

野人文化官方網頁　野人文化讀者回函

大熊貓文豪班 (4)

線上讀者回函專用 QR CODE，你的寶貴意見，將是我們進步的最大動力。

文豪佳句習字帖

泉涸魚相與處於陸相

呴以溼相濡以沫不如

琴閱金經無絲竹之亂
耳無案牘之勞形

節選自劉禹錫〈陋室銘〉

治用此觀之人之性惡明矣其善者偽也

節選自《荀子・性惡》

道雖邇不行不至

節選自《荀子・修身》

學》

之善也猶水之就下也

節選自《孟子・告子上》

故必將有師法之化禮義之道然後出於辭讓合於文理而歸於

惡之心義之端也辭讓之心禮之端也是非之心智之端也

節選自《孟子・公孫丑上》

人性

鍥而不舍金石可鏤

節選自
《荀子・勸

千山鳥飛絕萬徑人蹤

滅孤舟蓑笠翁獨釣寒

江雪

柳宗元〈江雪〉

斯是陋室惟

吾德馨苔痕上階綠草
色入簾青談笑有鴻儒
往來無白丁可以調素

相忘於江湖

節選自《莊子・大宗師》

北冥有魚其名為鯤鯤之大不知其幾千里也

節選自《莊子・逍遙遊》

惻隱之心仁之端也羞

大貓熊文豪班 4

跟莊子熊學【古文】

熊貓小知識：
熊貓是熊科動物，學名為「大貓熊」，但因為熊貓已經成為大眾約定俗成的暱稱，因此本書仍使用「熊貓」來稱呼。

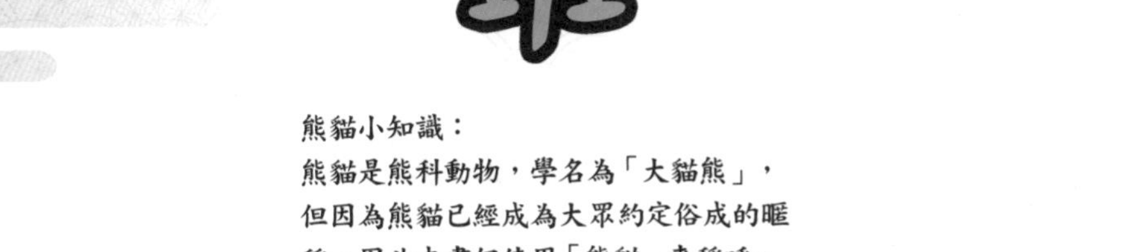

前 言

在久遠的傳說中，存在著這樣一個平行世界。它有著上下五千年的歷史，有著百家爭鳴的文化底蘊，有著自強不息的民族精神……那裡的居民都是熊貓，他們的故事，源遠流長，餘韻不息。其中一些傑出的熊貓，在漫長的歷史中脫穎而出，成了千古傳頌的大文豪。

當我們打開這本書，進入熊貓世界，我們會跟著這些熊貓文豪一起生活，看看他們所處的時代，看看他們如何與命運抗爭，也看看他們是在何種機緣之下，達成了萬人矚目的成就。

通過閱讀這些故事，我們會學到這些文豪的代表作品，也會掌握一些學習詩詞古文的訣竅。大家可以偷偷把這些竅門應用到語文學習中，讓自己輕鬆愉快地突破壁壘，獲得更好的成績。還可以拓展知識領域和眼界，用更豐富多彩的視角看待我們生活的世界。

接下來，就讓我們認識一下這些萌萌的熊貓文豪吧！

《大貓熊文豪班》系列共有六冊，本冊為古文篇，將有九位熊貓文豪同學和大家見面。

逍遙浪漫的輔導課小老師莊子，是道家思想的傳承者。他有自由灑脫的靈魂，寫下了無數有趣的寓言故事。他不被世俗羈絆，逍遙地行走在熊世間。

班長孟子將儒家學派發揚光大。他博學、仁愛、關注民生，被稱為繼孔子之後的「亞聖」。他還是個「毒舌王」，面對國君依然言辭犀利，不留情面。

荀子是先秦思想的集大成者，身為儒家學派的代表，卻教出了兩個著名的法家學生韓非和李斯。他的〈勸學〉激勵了一代又一代的熊貓學子。

學識淵博的班彪不只續寫了《史記》，還培養了三個精英兒女，讓班家成了華夏歷史上的傳奇家族。

歷史課小老師班固是班家的大兒子，他編撰了《漢書》，和司馬遷合稱「班馬」。

體育股長班超是班固的弟弟，他投筆從戎，英勇善戰，在西域威名遠揚，被封為定遠侯。

宣傳委員班昭是班家的小女兒，她博學多才，幫大哥班固續寫了《漢書》。

溫文爾雅的文學社社長柳宗元是古文運動的倡導者之一，讀過他的〈小石潭記〉和〈捕蛇者說〉，你一定能體會唐代散文的魅力。

樂觀向上的「詩豪」劉禹錫是書法課代表，他不僅對書法很有研究，文章也寫得棒，他的〈陋室銘〉是我們必學的古文名篇之一，快翻開書頁來重溫經典。

下面，就讓我們一起走進熊貓世界，和這些萌萌的熊貓文豪一起玩耍吧。

大貓熊文豪二班
班級幹部競選

我是逍遙自在的道家代表。
莊子
我是先秦思想的集大成者喲！
荀子
大家都叫我「詩豪」，〈陋室銘〉是我寫的喲。
劉禹錫
我是古文運動的先行者，「唐宋八大家」之一！
柳宗元
大家都尊稱我為「亞聖」。
孟子
我是班家爸爸，熱愛寫史。
班彪
我繼承爸爸遺志，寫下《漢書》這一大作。
班固
我投筆從戎，被封為定遠侯。
班超
我是班家小才女，幫哥哥寫完了《漢書》。
班昭

班級幹部競選開始啦！
莊子
我第一個來，我要競選班長！
孟子
大家都尊稱我為「亞聖」，運用我的仁政思想一定能管理好班級！
我舉雙手贊成。我也要參加競選！
荀子
〈勸學〉就是我寫的，當個副班長不在話下！
荀子同學當副班長再合適不過了！莊子同學，來參加競選吧。
我只想睡覺……不過既然你盛情邀請，那就試試吧。
我是逍遙無為的道家代表，如果大家有什麼心事，不妨來找我。我就當個輔導小老師吧。
我最近有點兒憂鬱，正好可以找他聊一聊。
你就是太多愁善感了，學學莊子同學，凡事都看開點兒。
李商隱
溫庭筠
劉禹錫
夢得，咱們一起去競選吧。
柳宗元
你先上，我要準備個道具。
什麼道具？先給我看看嘛。
陳子昂
我宣導了古文運動，擅長寫文章，我要當文學社社長！
好！我老曹挺你！
曹操
支持你！我給這個道具打一百分。
請大家選我當書法小老師，跟我學寫〈陋室銘〉，讓班裡充滿墨香吧。
斯是陋室 惟吾德馨

欲知後續如何，請看下一冊。

目錄

莊子

（約前 369—前 286）

戰國時期哲學家、文學家。他有最自由的靈魂、最浪漫的氣質、最蓬勃的想像力，他不被世俗羈絆，專注於心靈的修養，逍遙地行走在人世間。

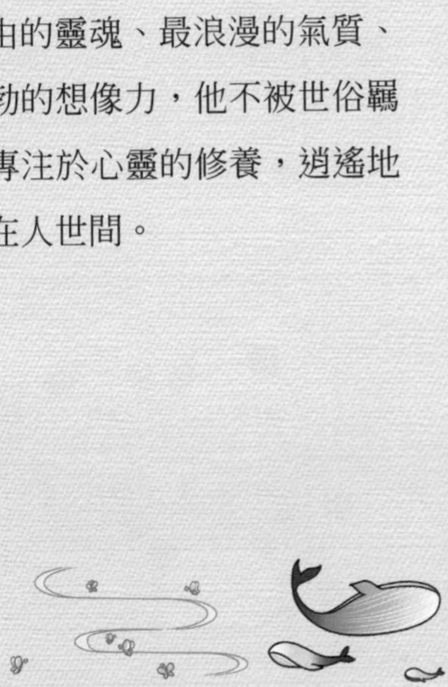

你喜歡聽故事嗎？
在兩千多年前的戰國時代，有個熊貓跟你一樣。

他姓莊名周，被後世尊稱為莊子。他從小就愛聽故事，還愛講故事，是遠近聞名的講故事小能手。

惠子（約前370—約前310），即惠施，戰國時期哲學家，名家學派的代表人物，是莊子的好友。

子，在古代是對人的尊稱，比如人們稱「萬世師表」的孔丘為孔子。

「從前，有個叫老子的熊貓看透了熊世，決定隱居。
誰知，他走到函谷關時，卻被他的粉絲尹喜攔住了。」

老子一說即李耳，字聃（ㄉㄢ），春秋時思想家，道家學派創始人。

「尹喜知道老子學問很高，央求他寫本書，老子被纏得沒辦法，
揮筆洋洋灑灑寫下五千多字，這就是《道德經》。」

《道德經》又名《老子》，是道家學派的主要經典，相傳為老子所作。

故事講完，小小的莊子和同伴們都很感歎。

要不是尹喜，就沒熊貓知道歷史上還有老子了。
懶蟲，我以後也會監督你寫書的。
哈哈哈
哈哈哈

童年總是短暫的，長大後，朋友散落各地，
莊子則成了一名管理漆園的官吏。

漆園，據說是先秦時期各諸侯國設立的專門種植漆樹的園子，管理漆園的官吏，被稱為漆園吏。

「漆園傲吏」這個詞，後用來比喻孤傲不肯當官的人。
漆園傲吏
導遊

莊子者，蒙人也，名周。周嘗為蒙漆園吏。
——《史記・老子韓非列傳》

但這份工作束縛了他自由的靈魂，
官場的條條框框太多，他過得很不開心。

莊子陷入了迷茫：為什麼越長大越不快樂？
熊生的意義到底是什麼？

為了尋求答案，莊子辭職去各個諸侯國考察、遊學。

莊子在見識過各種紛爭、研究了當時所有的學派後，
最終決定追隨老子的腳步。

此時，莊子博學的名聲也傳了出去，
楚威王想高薪聘請他當大官，這是個一步登天的機會。

恭喜恭喜啊，
你要發達啦！
我不稀罕。

可莊子拒絕了邀請。他不願再回到官場的牢籠，
還給楚威王派來的使者講了個關於龜的故事以表明心跡。

你願意當死後被供奉的龜，
還是在泥水中快樂生活的龜？
泥水中的龜。
這不就得了！

莊子持竿不顧，曰：「吾聞楚有神龜，死已三千歲矣。王巾笥而藏之廟堂之上。此龜者，寧其死為留骨而貴乎？寧其生而曳尾於塗中乎？」二大夫曰：「寧生而曳尾塗中。」莊子曰：「往矣！吾將曳尾於塗中。」

——《莊子．秋水》

莊子遊歷到魏國，準備去看望在這裡當宰相的好友惠子。可一時間，謠言四起，大家都說他是來搶惠子的相位的。

惠子聽信謠言，派手下到處找莊子，一找就是三天三夜。

莊子知道後哭笑不得，他直接告訴惠子，
相位在他眼中等同於臭老鼠，他才不稀罕。

有種鳥，只吃竹子的果實，只喝甜泉水。
有隻吃老鼠的貓頭鷹卻以為牠要跟自己搶食……
呃……
惠子，你怎麼看？

莊子往見之，曰：「南方有鳥，其名為鵷雛，子知之乎？夫鵷雛，發於南海而飛於北海，非梧桐不止，非練實不食，非醴泉不飲。於是鴟得腐鼠，鵷雛過之，仰而視之曰：『嚇！』今子欲以子之梁國而嚇我邪？」

——《莊子．秋水》

誤會解除後，莊子受到惠子熱情的招待。
這時，惠子有件頭痛的事，
他此前促成魏國和齊國的盟約，可齊國竟然毀約了。

齊國真是反復無常。
可不是嘛！

惠子在魏國為相期間，主張聯合齊國和楚國，共同對抗秦國。在他的推動下，魏國和齊國結盟，可沒多久齊國就背叛了。

魏惠王氣憤不已，想報復齊國，
有的大臣火上澆油，提出向齊國開戰。

魏惠王，姬姓魏氏，名罃，又稱梁惠王，是戰國時期魏國的第三任國君。

我們應該
向齊國發兵。
魏惠王
讓他們知道
我們的厲害！

打仗對兩國都不好，惠子不知道該怎麼勸魏惠王。
有個叫戴晉人的熊貓出面來解決難題。

我該怎麼辦呢？
好兄弟，我幫你。
戴晉人

戴晉人為魏惠王講了一個蝸牛的故事，
讓他放棄了對齊國宣戰。

有兩個在蝸牛觸角上建立的國家，
它們常常為了一點點利益就打來打去，搞得自己國家損失慘重。您覺得值得嗎？
我懂了，我不打齊國了。

戴晉人為魏惠王講的是「蝸角之爭」的故事，出自《莊子．則陽》。

這件事情被莊子記錄了下來。

你的朋友是個熊才啊，真灑脫呀！
是啊。

回到家鄉，莊子以編草鞋為生，連養家糊口都很困難。

有一次，莊子家實在揭不開鍋了，只能向富裕的熊貓借米。
對方不想借，反而敷衍他，莊子有點生氣。

莊周家貧，故往貸粟於監河侯。
——《莊子・外物》

解讀
莊周家裡很窮，所以向監河官借糧食。

他把自己比喻成一條因缺水快死掉的魚，
這時只需要升斗之水就能活，而有的熊貓卻要去引江水……

這個故事出自《莊子・外物》，後來演化出成語「涸轍之鮒」，比喻深陷困境急需救援的人。

一天早上，莊子打開家門就看到惠子，
原來惠子被魏惠王炒了魷魚，也回到家鄉。

他們一起去橋上看魚，享受觀魚之樂，還進行了歷史上有名的「濠ㄏㄠˊ梁之辯」。

惠子曰：「子非魚，安知魚之樂？」莊子曰：「子非我，安知我不知魚之樂？」
——《莊子．秋水》

你看這些魚多快樂。
你不是魚，怎麼知道魚很快樂？
你不是我，怎麼知道我不知道魚的快樂？

但莊子更希望惠子東山再起，他覺得相濡以沫，不如相忘於江湖。

泉涸，魚相與處於陸，相呴ㄒㄩ以溼，相濡以沫，不如相忘於江湖。
——《莊子．大宗師》

相濡以沫
我們倆現在就像這兩條魚一樣。
誰說不是呢。

解讀

泉水乾涸後，魚們只能用口水滋潤對方，勉強維持生命。這種狀態雖然展現了動人的感情，但這些魚都已經快要死了，與其這樣，倒不如牠們都自由自在地游在江河湖海中，哪怕忘了彼此，也沒有關係。

幾年後，惠子再次受到重用，返回魏國，莊子高興極了。

新任國君叫
我回去了！
太好了！
太好了！

可熊生不僅有好消息，還有壞消息，
莊子的妻子去世了。

明明說好要一起過
一輩子的，嗚嗚嗚……

起初他很難過，但想了一夜後，他頓悟了。
舉行葬禮時，莊子坐在靈前開始敲盆唱歌。

這就是「鼓盆而歌」這個典故的由來。莊子的做法表達了他對生死的樂觀態度，也表達了他喪妻的悲哀。

你又回到大自然的懷抱，
我應該高興才對……

惠子來弔唁時，看到這奇怪的一幕，
非常憤怒，指責莊子太過分。莊子把自己的感悟告訴了他。

雜乎芒芴之間，變而有氣，氣變而有形，形變而有生，今又變而之死，是相與為春秋冬夏四時行也。人且偃然寢於巨室，而我噭噭然隨而哭之，自以為不通乎命，故止也。

——《莊子．至樂》

夫人去世，你居然唱歌，
你還是個熊嗎？
你看，我們都是從無到有，
再從有到無，
我夫人誕生於天地之間，
現在又和天地融為一體了。

惠子依然不能理解莊子的行為，
留下一筆豐厚的帛金離開了。

你這個腦袋，什麼時候才能裝點兒正常的東西。

帛金，指的是葬禮上送的禮金。

又過了幾年，惠子也去世了，
莊子悲痛於好友的離世，感到十分孤獨。

兄弟，你去世後，我再也沒有能拌嘴的熊了……

自夫子之死也，吾無以為質矣，吾無與言之矣！
——《莊子．徐無鬼》

解讀
自從你離開後，我再也沒有可以匹敵的對手了，再也沒有可以辯論的人了！

經歷過熊生的高峰和低谷、歡樂與痛苦，
莊子終於擺脫所有枷鎖，悟出熊生的終極境界——逍遙。

北冥有魚，其名為鯤ㄎㄨㄣ。鯤之大，不知其幾千里也。

——《莊子・逍遙遊》

逍遙自在的熊生
就是不悔的熊生！

解讀

北海裡有一條魚，牠的名字叫鯤。鯤的大小，不知道究竟有幾千里。

由此，千古名篇〈逍遙遊〉誕生了。

北冥有魚，其名為鯤。
鯤之大，一鍋燉不下……
你就知道吃！
什麼「一鍋燉不下」？
是「不知其幾千里也」！
莊子

有一次，莊子午睡夢到自己變成了蝴蝶，
醒來後，他悟出了「物化」的道理。

莊子對自我精神的自由追求，
成為歷代熊貓文士尋找心靈慰藉的指南針。

他寫下的隨筆散文被後世的學者加以補充，
編成兼具文學與哲學價值的大作《莊子》。

同學們，
今天我們來學《莊子》。
《莊子》又稱《南華經》，分為《內篇》《外篇》《雜篇》三個部分。

莊子開闢了一條廣闊的文學道路，
無數文學家跟隨他，走出了華夏文學的新天地！

漢朝文豪團
莊子
我好像成了大哥……

北冥有魚

北冥有魚，其名為鯤（ㄎㄨㄣ）。鯤之大，不知其幾千里也；化而為鳥，其名為鵬。鵬之背，不知其幾千里也；怒而飛，其翼若垂天之雲。是鳥也，海運則將徙於南冥。南冥者，天池也。

——《莊子．逍遙遊》

解讀：〈逍遙遊〉是《莊子》一書的首篇，表達了莊子的自由人生觀，他認為，只有忘卻物我的界限，達到無己、無功、無名的境界，無所依憑而遊於無窮，才是真正的「逍遙遊」。

望洋興嘆

秋天雨水按時到來，千百條河流注入黃河，使黃河變得洶湧而寬闊。黃河之神河伯揚揚自得，覺得自己是天下最厲害的。

河伯順水流往東去，到了北海時，他傻眼了——北海廣闊無垠，根本看不到邊際。河伯改變了先前自得的神色，對北海之神感歎道：「原來我自高自大，以為誰都比不上自己，要不是我來到你面前，親眼看見北海這樣無邊無際，我就永遠不知道自己以前是多麼淺薄無知。」

這個小故事出自《莊子・秋水》，它告訴我們山外有山，人外有人，我們要保持謙虛的心態，不能盲目自大。

原來我以前是那麼
狂妄自大啊……
河伯

朝三暮四

有一年，養猴子的人家裡糧食不夠吃，於是對猴群說：「現在糧食不夠了，必須節約著吃，你們每天早上吃三顆橡子，晚上吃四顆，怎麼樣？」猴子們都生氣了，嚷嚷著說：「太少了，怎麼早上吃的還沒晚上吃的多？」養猴人忙說：「那早上吃四顆，晚上吃三顆，怎麼樣？」猴子們都很高興，覺得早上吃的比晚上多，牠們勝利了。

這個故事出自《莊子．齊物論》，後來演化出成語「朝三暮四」，原指玩弄手法欺騙他人，後用來比喻常常變卦，反復無常。

早上吃四顆橡子，
晚上吃三顆。
這才像話！
太棒了！

曹商舐ㄕˋ痔

舐是舔的意思，痔就是痔瘡。這個詞的意思是一個叫曹商的人舔痔瘡。他為什麼要做這麼噁心的事呢？

有一天莊子在家裡編草鞋，有個叫曹商的人跑到他家來炫富。曹商把很多輛馬車停在莊子家門口，問他：「你猜有多少輛馬車？」莊子說：「太多了，猜不出來。」曹商得意大笑，說：「有一百輛，哈哈哈！我前段時間出使秦國，秦王欣賞我的口才，賞賜我這麼多馬車。有些人啊，住在窮里陋巷，窮到編草鞋賣，弄得面黃肌瘦的……」

莊子也不生氣，悠悠地說：「我聽說秦王有病求醫，能開刀去除膿瘡的賞一輛馬車，願意給他舔痔瘡的賞五輛馬車，醫治的病越卑下，賞的馬車越多，難道你是去給他……唉！」曹商聽完臉都綠了，憤怒地離開了。

這個故事出自《莊子・列禦寇》，諷刺了那些不擇手段追求名利的人。

莊子文化旅遊景區

莊子文化旅遊景區位於河南省商丘市民權縣，是人們為了紀念莊子而建的。

莊子文化館採用「天圓地方」的設計理念，整體建築呈方形，屋頂呈圓形。走進文化館抬頭看，還能看到巨大的蝴蝶造型，讓人不由得想起「莊周夢蝶」的故事。

距離莊子故居不遠處就是莊周陵園。這是莊子的長眠之地，從古到今，有很多國內外名人來到這裡緬懷莊子，並留下大量碑文石刻，其中，最大的石碑上刻的文章正是莊子的〈逍遙遊〉。

在景區，你能深切地感受到莊子不僅是華夏的思想家，也是世界的文化財富。

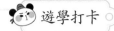

莊子

我又發現了一處祕境！

10 分鐘前

♡ 老子，惠子，楚威王，弟子，李白，蘇軾，魯迅

老子：哪天帶我去看看。

惠子：洞裡有水嗎？水裡有魚嗎？

楚威王：我宣布，那個洞屬於你，所以你能來我這兒上班嗎？

弟子：原來您不上課是去玩了……

莊子回覆老子：沒問題！

莊子回覆惠子：不管有沒有水，有沒有魚，你都辯不過我，嘻嘻！

莊子回覆楚威王：洞本來就是我的，你用我的東西糊弄我，太狡猾了，我絕對不去你那兒。

莊子回覆弟子：你們就不能自學嗎？

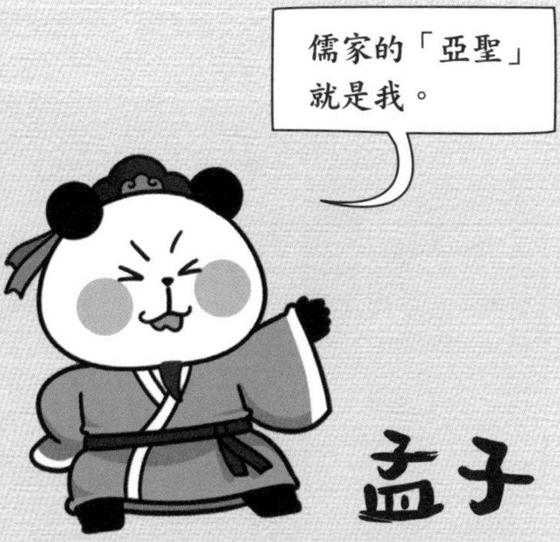

孟子

（約前 372—前 289）

孟子名軻ㄎㄜ，字子輿。他是有氣節的思想家，有抱負的政治家，有情懷的教育家，也是擁有一身浩然正氣的大丈夫。他一生堅守理想，至死不休。

聖熊孔子去世後，
他創立的儒家學派也沒落了。

墨家和法家都是戰國時期的重要學派，墨家主張「兼愛」「非攻」，法家主張以法治國，商鞅是法家代表人物之一。

各種學派如雨後春筍般冒出來，
儒家學派變得越來越不受重視。

道家和兵家都是戰國時期重要的思想學派。道家主張「道法自然」「無為而治」，兵家則是以研究軍事為主的學派。

這時，有一個熊貓站出來力挽狂瀾，將儒家思想發揚光大，
讓儒家學說重新站穩腳跟。他，就是孟子！

孟子小的時候，也只是個熊孩子，
還是非常頑皮的那種。

孟子父親早逝，由母親撫養長大，
孟母為他的成長真是操碎了心。

孟子從小擅長模仿，
最初，他家離墓地很近，他把哭墳辦喪事的過程記得滾瓜爛熟。

孟子回家就給孟母表演各種哭墳技巧，
這讓孟母十分抓狂。

孟母覺得再這樣下去，這孩子遲早完蛋，
就把家搬到了集市旁邊。

誰知孟子又學起商販吆喝叫賣。

孟母咬咬牙，又搬家了。這次她把家搬到了學校附近，
孟子開始模仿學校裡的師生，學習禮儀和知識。

這個故事後來演化出成語「孟母三遷」，意思是：孟母為了給孟子提供更好的成長環境，多次搬家。三在這裡泛指多次。

孟子的老師是孔子的孫子的弟子，
使得他從小就能接觸到儒家思想。

學而時習之，
不亦說ㄩㄝˋ乎。
學而時習之，
不亦說乎。
論語

《論語》是孔子的弟子及再傳弟子記錄孔子及其弟子言行的語錄文集，體現了孔子及儒家學派的政治主張、倫理思想、道德觀念及教育原則等，是儒家經典著作之一。

對小孟子來說，儒家學說就像有魔力的棒棒糖，
他深深迷戀上了儒家學派，迷戀上了孔子的學說。

小朋友，快過來。
論語
我來了，我來了！

他不僅學習儒家學說，還進一步發展了儒家思想，
把孔子的「仁」和「義」等主張發展成了「仁政」。

孟子主張仁政，要求君王減少賦稅，減輕刑罰，讓老百姓吃飽穿暖，還要發展全民教育等。

「仁」和「義」這些
經過化學反應，
就變成了「仁政」！
仁政

那個曾經的熊孩子，
已經成長為有理想、有氣節的大好青年。

我叫孟軻，
是即將改變天下的熊貓！
呃……我們只是個
小公司……
哦，那你們配不上我，
我不應聘了。

為了實現政治理想，也為了讓儒家重放光芒，
孟子制訂了一套周密的計畫。

第一步，孟子自稱是孔子最正統的繼承者，
開班教學，廣收弟子。

結果，他不僅收穫了很多仰慕他的弟子，
自己也出名了。

第二步，他效仿偶像孔子，
帶著弟子周遊列國。

齊威王，戰國時期田齊政權第四代國君。

孟子到了齊國，想向齊威王宣揚自己的仁政思想，誰知卻碰了壁。齊威王對他的治國理論不感興趣，用一筆錢打發了他。

「富貴不能淫，貧賤不能移，威武不能屈，此之謂大丈夫。」這句話出自《孟子．滕文公下》，意思是：富貴不能迷亂他的思想，貧賤不能改變他的操守，威武不能壓服他的意志，這才叫作大丈夫。

孟子又去了宋國和魏國，都沒有達到目的。他只能鬱悶地回到家鄉。

孟子的家鄉在鄒地，大概在今山東省鄒城市東南。

孟子想不通，
為什麼這麼好的治國理論就是沒有國君肯採用呢？

孟子回想到一路走來，
諸侯們都在為了搶地盤打架、廝殺，他漸漸明白了。

在這個戰爭頻繁的時代，國君們只想著多占別國便宜，
誰會靜下心來花幾十年、幾百年去建立一個理想國呢？

就在孟子不知道該怎麼辦的時候，
一個小國的國君來找他了。

這個國君是滕（ㄊㄥˊ）文公，他向孟子請教了很多治國之道，孟子毫無保留地把自己的理論傳授給他。

滕文公是戰國時滕國的國君，滕國是個夾在齊國和楚國之間的小國，在大國征戰中艱難生存。

您真的對「仁政」感興趣？
嗯嗯，還請夫子告訴我，怎樣才能治理好國家。
滕文公

滕文公回國後，把孟子教給他的治國之道實行下去。

從今天起，我要推行仁政，實行禮制，興辦學校，改革賦稅……
是！

幾年後，滕國變得富庶起來，
滕文公也成了遠近聞名的賢君，很多熊貓都跑到滕國定居。

滕國的成功重新點燃了孟子的信心。
他的仁政思想可以讓國家變得更好！

縱觀歷史，每隔一段時期就會出現統一天下的王者，
孟子覺得下一個王者會出現在齊國。

而王者背後的謀熊，那必須得是他孟子呀！
於是孟子收拾行李，再次踏上前往齊國的征程。

如欲平治天下，當今之世，舍我其誰也？
——《孟子．公孫丑下》

此時的齊國也換了國君，齊威王的兒子齊宣王上位，
他對孟子非常尊敬。

孟子認真地把自己的治國理念說給齊宣王聽，
可齊宣王只把他當成德高望重的學者，一句都沒聽進去。

有一次齊宣王趁燕國內亂，攻破了燕國，還在燕國燒殺搶掠。
其他諸侯看不下去了，準備攻打齊國。

孟子要齊宣王馬上撤兵，但齊宣王不聽。
結果燕國在其他諸侯的支持下打退齊兵，成功復國。

齊宣王後悔了，但孟子已經對他失望。
孟子準備離開齊國，不管齊宣王怎麼挽留都沒有用。

孟夫子，我給你升職加薪，給你大別墅，你的弟子我也全都養了，別走行不行？
你又不實行仁政，留著我給你當裝飾品嗎？

即便如此，孟子還是在齊國的邊境停留了三天，
等著齊宣王浪子回頭，但他沒有等到想要的結果。

夫子，您在等什麼？
不等了，走吧。

年邁的孟子回到老家，他知道有生之年，
他的理想國都不可能實現了。

老師，肯定會有熊貓發現您學問的好。
希望如此吧。

他和弟子們一起著書立說，把自己的理論記錄下來，
後來，這些紀錄被編成《孟子》一書。

《孟子》不僅記錄了孟子的治國理念、道德主張、修身之道、處事原則等思想理論，還有很高的文學價值。

惻隱之心，人皆有之；羞惡之心，人皆有之；
恭敬之心，人皆有之；是非之心，人皆有之。
惻隱之心，仁也；羞惡之心，義也；
恭敬之心，禮也；是非之心，智也。

嗯，就這樣寫，非常好。
老師，這句話這樣寫行嗎？

孟子一生都在為理想而奮鬥，
儘管他的治國理念始終沒有被國君們認可、採納。

他從孔子手中接過火炬，
把儒家思想加以完善並傳承了下去。

幾百年後，熊貓們終於認識到孟子的偉大，
他被尊稱為「亞聖」，成為地位僅次於孔子的儒家代表！

孟子有很多名言、名篇，這裡我們選取了其中一句名言和一段名篇。

惻隱之心，仁之端也。

解讀：惻隱之心就是同情心。這句話的意思是，每個人都有同情心，這就是「仁」的開端。

有了同情心
就是仁的開始。

學弈

弈秋，通國之善弈者也。使弈秋誨二人弈，其一人專心致志，惟弈秋之為聽；一人雖聽之，一心以有鴻鵠將至，思援弓繳而射之。雖與之俱學，弗若之矣。為是其智弗若與？曰：非然也。

——《孟子．告子上》

解讀：弈秋是全國最擅長下棋的人。弈秋有兩個徒弟，一個學習的時候十分專心，另一個卻一心想射天上的大雁。雖然他們一起學習下棋，但後者的棋藝明顯不如前者。這難道是因為他的智力不如前者嗎？答案是否定的。這個小故事告訴我們，學習要專心致志。

斷織喻學

孟母搬家，搬到了學校旁邊。剛開始孟子對學習很感興趣，但時間一長就厭煩了，經常蹺課。孟母知道後很生氣，她拿起刀把織布機上織了一半的布割斷，說：「你荒廢學業，就像我割斷織布機上的布。布是一絲一線織起來的，學問也是一點一滴積累起來的。你經常蹺課怎麼能成為有用之才呢？」孟子很慚愧，從此好好讀書，後來成了著名的儒學大師。

這個故事告訴我們做事要有恆心，半途而廢最終只會一事無成。

經常蹺課的孩子就會像這割斷的布一樣，怎麼能成為有用之才？
母親，我再也不蹺課了。

你不知道的孟子

你知道嗎？孟子不僅是有抱負的政治家、有氣節的思想家、有情懷的教育家，還是個論遍天下無敵手的辯論王，曾經說得很多國君啞口無言。孟子到魏國時，魏惠王問他能給自己帶來什麼好處。孟子說他不講仁義，只講利益，他這個王位遲早坐不穩。魏惠王死後，他的兒子魏襄王繼位，孟子說他不像個國君，直接離開了魏國。

還有一次，鄒國和魯國發生衝突時，鄒國的國君鄒穆公怪百姓眼看著官兵戰死卻無動於衷。孟子對他說：「災年飢荒，百姓流離失所，飢寒交迫，你沒有救助他們，現在怎麼能指望他們回報你呢？你怎麼對別人，別人就會怎麼對你呀。」

《孟子》中還記錄了很多孟子和他人辯論的趣事，你要是感興趣，可以讀一讀喲。

孟廟

孟廟位於山東省濟寧市鄒城市亞聖府街，最早建立於北宋年間，是孔子的後人找到孟子的墓，於是在墓旁建了孟廟。由於當時孟廟離城市比較遠，人們祭拜不方便，就把孟廟遷到現在的地址。

孟廟有三大景觀。

一是以亞聖殿為中心的古建築。孟廟的整體布局以南北為中軸線，東西兩邊的建築對稱排列。除了供奉孟子塑像的亞聖殿，還有寢殿和孟母殿，分別供奉孟子妻子和孟母的塑像。

二是那些長了好幾百年的古樹，據說樹齡最大的已經有九百多年了。

三是珍貴的碑林，如西漢的《天鳳刻石》，還有《孟母斷機處》《孟母三遷祠》，以及乾隆皇帝手書的《亞聖孟子贊碑》等，既是文物，也是史料，具有多重價值。

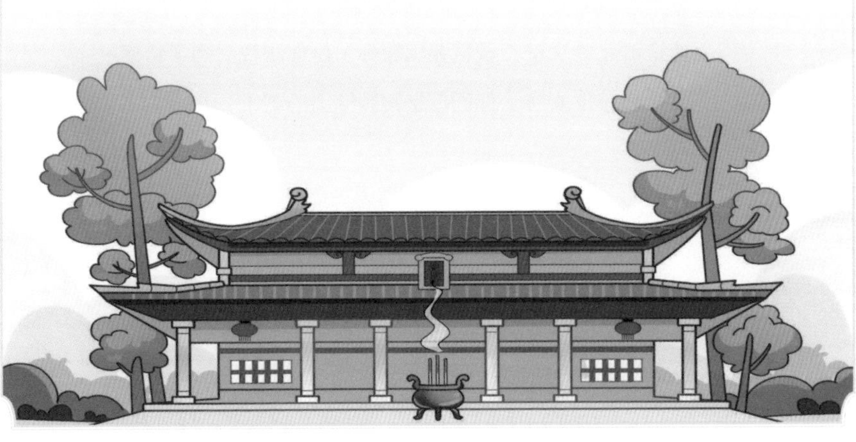

孟子

在這個特別的日子裡，我最想感謝的人就是我的母親。如果沒有母親，我可能只是個普通熊貓吧。

10 分鐘前

♡孔子，齊宣王，滕文公，樂正子，公孫丑，萬章，韓愈，朱熹

韓愈：是金子總會發光的，前輩這樣的人絕不會被歷史湮ㄣ沒。

朱熹：這個獎，非您莫屬。

齊宣王：恭喜得獎。拿完獎順便來齊國旅遊吧，別墅已經準備好了。

滕文公：感謝夫子當初的指點，能看到您拿這個獎，真是太高興了。

樂正子：恭喜老師！

公孫丑：恭喜老師！

萬章：恭喜老師！

孟子回覆韓愈：其實我也是這麼想的，哈哈哈！

孟子回覆朱熹：多謝！

孟子回覆齊宣王：我們的關係已經是過去式了。

孟子回覆滕文公：我也要感謝你，是你讓我看到了希望。

孟子回覆樂正子：你們仨是複製貼上的吧！

荀子

（約前 313－前 238）

思想家、教育家，名況，當時的人尊敬他，稱之為「卿」。他是戰國末期的知名學者，儒家學派的代表人物，擁有豐富的教學經驗，卻沒想到教出了兩個法家學生。

戰國後期，儒家和墨家受到當時風氣影響，
也開啟了「舌戰模式」，雙方吵得不可開交。

冠軍一定是我們儒家的，
你們快回去玩泥巴！
哼！我們要是現在放手，
吃泥巴的是誰還不一定呢！
儒家
墨家

更離譜的是，他們吵起來甚至連自家都不放過！
孟子和荀子就是儒家內部互掐的典型案例。

熊性本善才是
儒家的真理！
胡說！分明
熊性本惡才是對的！
生氣氣
孟子
荀子

故孔、墨之後，儒分為八，墨離為三，取舍相反不同，而皆自謂真孔、墨，孔、墨不可復生，將誰使定世之學乎？

——《韓非子．顯學》

解讀

自孔子和墨子離世之後，儒家和墨家分出了很多流派，大家都自稱得到了孔墨的真傳，然而孔墨不能復生，自然也就沒人能將孔墨二人的學說蓋棺論定。

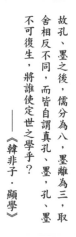

孟子主張熊性本善，認為熊貓們生而善良，會變壞是因為生活的環境發生了變化。

人性之善也，猶水之就下也。……今夫水，搏而躍之，可使過顙；激而行之，可使在山。是豈水之性哉？
——《孟子．告子上》

唉，今天又要
餓肚子了。
我的魚
分你一半吧！
果然熊性本善啊！

解讀
人性向善，就像水往低處流一樣。……但如果拍水使其飛濺起來，高過額頭，或者迫使它倒流，甚至往山上流，這難道也是水的本性嗎？

荀子卻唱起了反調，說熊性本惡，熊貓們必須通過禮法的約束和後天的學習才能變好。

故必將有師法之化，禮義之道，然後出於辭讓，合於文理，而歸於治。
——《荀子．性惡》

這些竹筍都是我挖到的，
憑什麼要給你啊？
要是沒有我的筐，
你一根筍都拿不走！
果然熊性本惡啊！

解讀
這段話的意思是只有在老師的教育和法治的引導下，才能讓人學會遵守規矩，實現社會的穩定。

於是荀子心中燃起了當老師的夢想，
他要身體力行，教導熊貓們如何成為一個好熊！

荀子從家鄉趙國出發，一路遊學到了齊國，
受到齊襄王邀請，擔任稷下學宮的祭酒。

稷下學宮原本是齊王為了招攬人才而創辦的，後來逐漸演變成學者們學習和交流的地方，是當時各學派思想薈萃的中心。

祭酒原指在祭祀或宴會上向神明祭酒的人，一般由年長且地位高的人擔任，後來演變為官職的名稱。

荀子在稷下學宮上的第一堂課，就是告誡熊貓們要學會尊師重道！

解讀

禮法是端正自己行為的準則，老師是解釋和教授禮法的人。沒有禮法約束要怎麼端正行為呢？沒有老師教導要怎麼知道什麼樣的禮法才是對的呢？

同學們，尊重老師是成為好熊的第一步喲！
好！

禮者，所以正身也；師者，所以正禮也。無禮何以正身？無師，吾安知禮之為是也？

——《荀子．修身》

有的學生認為自己知識淵博而不去上課，荀子會狠狠地教育他們。

我這麼聰明就不用去上課啦，還是躺著吹風適合我。
做好熊
不能停止學習！

學不可以已。

——《荀子．勸學》

有的學生擔心自己太笨跟不上同學，
荀子會耐心地安慰他們。

鍥而舍之，朽木不折；鍥而不舍，
金石可鏤。
——《荀子．勸學》

別放棄，有機會贏！
我太笨了，
課堂辯論總是輸。

有的學生整日唉聲歎氣，惋惜自己懷才不遇，
荀子會劈頭蓋臉給他一頓責罵。

怨人者窮，怨天者無志。
——《荀子．榮辱》

唉，身負才華卻無熊欣賞，
老天爺真不長眼……
光唉聲歎氣
有用嗎？

解讀
抱怨別人只會讓自己更加窮困，抱怨上天只會顯得自己更沒志氣。

當然，荀子也鼓勵學生們指出自己的不足之處，大家共同進步。

解讀 能恰當指出我的過失的人是我的老師，能肯定我的成就並予以鼓勵的人是我的朋友，不論對錯只會阿諛奉承我的人是我的敵人。

故非我而當者，吾師也；是我而當者，吾友也；諂諛我者，吾賊也。

——《荀子．修身》

韓非、李斯和張蒼等熊貓在荀子的指導下，逐漸發現了自己的愛好和追求。

張蒼（？—前152），西漢丞相、曆算學家，曾經改定律曆。

韓非、李斯十分支持荀子的「性惡論」，
但他們倆認為要成為一個好熊，
光靠自身努力遠遠不夠，必須加強法治的力量。

以後就讓我們一起將法家的理論發揚光大吧！
理論再好也得注重實際啊！

荀子看著學生們一個比一個有出息，很是欣慰，
覺得自己這個老師當得真不錯。

「青出於藍」出自荀子的〈勸學〉，比喻學生超過老師或後人勝過前人。

不愧是我的學生，果然青出於藍啊！

韓非和李斯的舉動得罪了其他儒家學派的粉絲，
他們懷疑荀子是隱藏在儒家的臥底，想把他逐出儒家。

上回我看見他公開讚揚孔子，
轉頭卻教出了兩個法家學生！
我一眼就看出他來路不正！
儒
儒
他們是不是
在說我壞話？

荀子批評這些儒家同門墨守成規，毫無創新精神。

世俗之溝猶瞀儒，嚾嚾然不知其所非也。
——《荀子．非十二子》

躲在背後說壞話算什麼君子？
有本事當面和我辯論！
儒
儒
我們錯了，
你放過我們吧……

解讀
這句話的大意是批評那些愚昧的儒者不僅自己犯了錯，還大肆宣傳那些錯誤的理論。

同樣遭受了荀子猛烈批評的還有陰陽家。

陰陽家是戰國時期提倡陰陽五行學說的學派，以鄒衍為代表，主張以自然五行相生相剋的理論來解釋政權交替或改朝換代的合理性。

周屬火，商屬金，火克金，所以周武王才能戰勝商紂王。
一派胡言！我不能讓這些裝神弄鬼的傢伙欺騙大家！
陰陽家

荀子認為「天行有常，不為堯存，不為桀亡」，
熊貓們應該掌握並合理利用自然規律。

這句話的意思是大自然遵循自身的運行規律，不會因為堯的賢明或夏桀的殘暴而改變。

春夏秋冬的自然規律不是後天可以改變的。

憤怒的陰陽家們輪流跑到齊襄王面前告狀，
齊襄王不堪其擾，便把荀子趕走了。

雖然教師生涯被緊急喊停，但荀子並不灰心，
既然教書育熊這條路走不通，那換個地方發揮餘熱吧！

荀子來到了秦國附近，
想面見秦昭王，向他宣傳儒家的優點，順便求個官職。

秦昭王（前324—前251），嬴姓趙氏，名稷，戰國時期秦國的國君。

但當時秦國在各國的口碑並不好，
儒家內部甚至還有「儒者不入秦」的說法。

戰國時期，秦國民風慓悍且不接受禮治，這與儒家的主張相悖，所以才有了「儒者不入秦」的說法。

荀子不在乎這些，依舊按照計畫去見了秦昭王，
可是秦昭王對法家的學說更感興趣。

荀子離開秦國後，
與「戰國四公子」之一的春申君黃歇交上了朋友。

黃歇很欣賞荀子，決定滿足他的願望，
請他去做蘭陵令，管理當地百姓。

蘭陵是中國古代地名，位置大概在今山東省蘭陵縣一帶。

可惜荀子因為得罪其他熊貓而被誣陷，
黃歇聽信讒言趕走了他。

荀子兜兜轉轉又回到了老家趙國。

可算把你等來了！
我有好多問題想問你！
趙孝成王

趙孝成王，嬴姓趙氏，名丹，戰國時期趙國第八任君主。

有一天，趙孝成王問荀子該如何用兵才能打勝仗。
荀子思考了一番後告訴他，要善用百姓的力量。

善附民者，是乃善用兵者也。故兵要在乎善附民而已。
——《荀子·議兵》

百姓的力量
是無窮的。
先生
說得妙啊！
團結百姓
萬眾一心

解讀

能讓百姓誠心依附的人，才是善於用兵的人，所以用兵的要領在於百姓是否誠心歸順。

趙孝成王覺得荀子的話很有道理，
便繼續追問荀子讓百姓團結起來的關鍵是什麼。

荀子給他講了個孔子和魯哀公的故事，
用比喻的方法給出了答案。

君者舟也，庶人者水也。水則載舟，水則覆舟。
——《荀子．哀公》

儘管趙孝成王嘴上認可荀子的理論，
心裡卻不以為然。他並不在意民眾的死活，
堅持要和秦國打仗，最後以慘敗而告終。

老百姓懂什麼呀，
沒必要把他們的話放在心上。
你真是我教過的
最沒悟性的學生！

對趙孝成王失望的荀子，
恰好在這時接到了舊友黃歇的邀請。

他居然寫信來
跟我道歉了……

荀子回想起過去和黃歇把酒言歡的日子便心軟了，
於是再次回到楚國擔任蘭陵令。

可後來黃歇中了政敵的埋伏，含恨而死，
荀子失去庇護，也被罷了官。

這個時候的荀子年紀已經很大了，
再也不能像從前那樣遊歷各國。

爺爺老了，
走不動了。
那爺爺可以留下來教我讀書嗎？

於是荀子留在蘭陵，
繼續幹他的老本行——當老師。

前面的路再近，不走過去也不能到達；
一件事情再小，不用心做也不能完成。
嗯，老師我明白了。

道雖邇，不行不至；事雖小，不為不成。
——《荀子．修身》

荀子帶領著學生，將自己和他人的言行整理出來，
編成了我們今天看到的《荀子》一書。

荀子或許在那個時代頗具爭議，
但作為一名老師，毋庸置疑他是非常成功的。
那麼問題來了，你願意成為他的學生嗎？

《荀子》全書共有三十二篇，每一篇都蘊含了荀子的智慧與哲理，讀一讀下面的段落，希望能給你帶來不一樣的啟發！

勸學（節選）

君子曰：「學不可以已。」青，取之於藍，而青於藍；冰，水為之，而寒於水。木直中繩，輮（ㄖㄡˇ）以為輪，其曲中規。雖有槁（ㄍㄠˇ）暴（ㄆㄨˋ），不復挺者，輮使之然也。故木受繩則直，金就礪則利。君子博學而日參省乎己，則知明而行無過矣。

解讀：君子說：人不可以停止學習。靛（ㄉㄧㄢˋ）青是從蓼（ㄌㄧㄠˇ）藍（一種植物）中提取出來的，顏色卻比蓼藍更深；冰是由水凝結而成的，卻比水更加寒冷。木材直得合乎拉直的墨線，用火烤使其彎曲製成車輪，它的彎度又合乎圓的標準，那麼之後就算把它放在陽光下暴晒，木頭也不會再變直，這都是因為被火烤過。因此木材只有經墨線測量後才能取直加工，刀劍要在磨刀石上反復磨礪才能變鋒利。有學問修養的人廣泛地學習，每天檢查自己的言行，就會聰明、有智慧，行為上沒有過錯。

吾嘗終日而思矣，不如須臾之所學也。吾嘗跂而望矣，不如登高之博見也。登高而招，臂非加長也，而見者遠；順風而呼，聲非加疾也，而聞者彰。假輿馬者，非利足也，而致千里；假舟檝者，非能水也，而絕江河。君子生非異也，善假於物也。

解讀：我曾整日思索，卻不如讀書片刻學到的知識多；我曾踮腳眺望遠方，卻不如登上高處看見的風景多。在高處招手，手臂並沒有變長，卻能讓遠方的人看到；順著風向大喊，聲音並沒有變得更響亮，但在遠處的人卻能清楚地聽到。借助車馬的力量，就算是腿腳不便的人也能去千里之外的地方；借助船的力量，就算是不善游泳的人也能橫渡江河。君子的本性同普通人沒有差別，不過是善於借助外物罷了。

可惜我不會游泳，沒辦法到對岸去了。
你可以租條船，再請個船夫啊！

積土成山，風雨興焉；積水成淵，蛟龍生焉；積善成德，而神明自得，聖心備焉。故不積跬（ㄎㄨㄟˇ）步，無以至千里；不積小流，無以成江海。騏（ㄑㄧˊ）驥（ㄐㄧˋ）一躍，不能十步；駑（ㄋㄨˊ）馬十駕，功在不舍（ㄕㄜˇ）。鍥而舍（ㄕㄜˇ）之，朽木不折；鍥而不舍（ㄕㄜˇ），金石可鏤（ㄌㄡˋ）。

解讀：堆積土石形成高山，風雨就會興起；彙集水流形成深淵，蛟龍就會出現。積累善行養成品德，達到很高的境界，通明的思想也就具備了。所以不一步一步地積累行程，就沒有辦法到達千里之外；不積累細小的水流，就沒有辦法彙集成江海。駿馬一次跨越，也不能超過十步遠；劣馬拉車走十天，也能走很遠，牠的成功在於不停地走。刻一件東西，如果刻幾下就停下來，那麼連腐爛的木頭也刻不斷；如果不停地刻下去，那麼即使是金石也能雕刻成功。

我要堅持下去，
肯定會成功的。
堅持

《荀子》

《荀子》是儒家的經典著作，全書共三十二篇，每一篇都蘊含了大量的哲理。除《大略》《宥坐》等後六篇可能是由荀子的學生根據他的語錄整理而成外，其餘內容皆是由荀子親自撰寫的。荀子在寫作時喜歡以周圍常見的事物舉例，善用排比句式強調文章主旨。他的文字精練質樸，文章結構嚴謹，有很強的邏輯性和說服力。

《荀子》不僅是研究荀子思想的重要依據，更是今人研究戰國時期社會歷史的重要文獻。

老師您看，我有進步了，
就讓我繼續試試吧。
不錯不錯，那後面
幾篇就交給你了。

戰國四公子

戰國末期，隨著秦國的軍事實力逐漸強大，各諸侯國的貴族們為了抵禦秦國，竭力網羅人才。他們禮賢下士，廣招門客，為的就是讓這些人替自己出謀劃策，從而擴大自己的勢力。其中最著名的是魏國的信陵君魏無忌、趙國的平原君趙勝、齊國的孟嘗君田文和楚國的春申君黃歇這四人，他們被後人合稱為「戰國四公子」。

荀子文化園

讀完了荀子的故事，大家是否對這位了不起的老師產生了好奇呢？那就讓我們一起到荀子的故鄉轉一轉吧！

荀子是戰國末期趙國人，後世的人們為了紀念荀子，在山西省安澤縣的山上建起了一座古香古色、蔚然壯觀的荀子文化園。每逢清明和重陽等中國傳統節日時，園內還會舉辦隆重的「拜荀子，誦〈勸學〉」活動，屆時，朗朗的讀書聲會響徹山間，傳達我們對荀子跨越千年的敬仰之情。

荀子

謝謝大家對我職業生涯的認可！

10 分鐘前

♡孔子，韓非，李斯，張蒼，黃歇，趙孝成王

孔子：你和孟子雖然整天吵架，但你們都為儒家的傳承做了貢獻。

荀子回覆孔子：孔子前輩，我永遠愛你！

韓非：報告老師，李斯在秦王面前說我壞話，把我整死了！

李斯回覆韓非：師兄，我們不是說好不提這事了嗎？

荀子回覆李斯：好你個李斯！我什麼時候教過你們互相殘殺了？趕緊給我向韓非道歉！

李斯回覆韓非：師兄，對不起。

張蒼：我怎麼感覺我插不上話呢？還是繼續做我的數學題吧……

荀子回覆張蒼：數學方面老師幫不上忙，你自己多加油！

黃歇：我就說你果然還是更適合當老師！

荀子回覆黃歇：你什麼時候說過這話，我怎麼不記得？

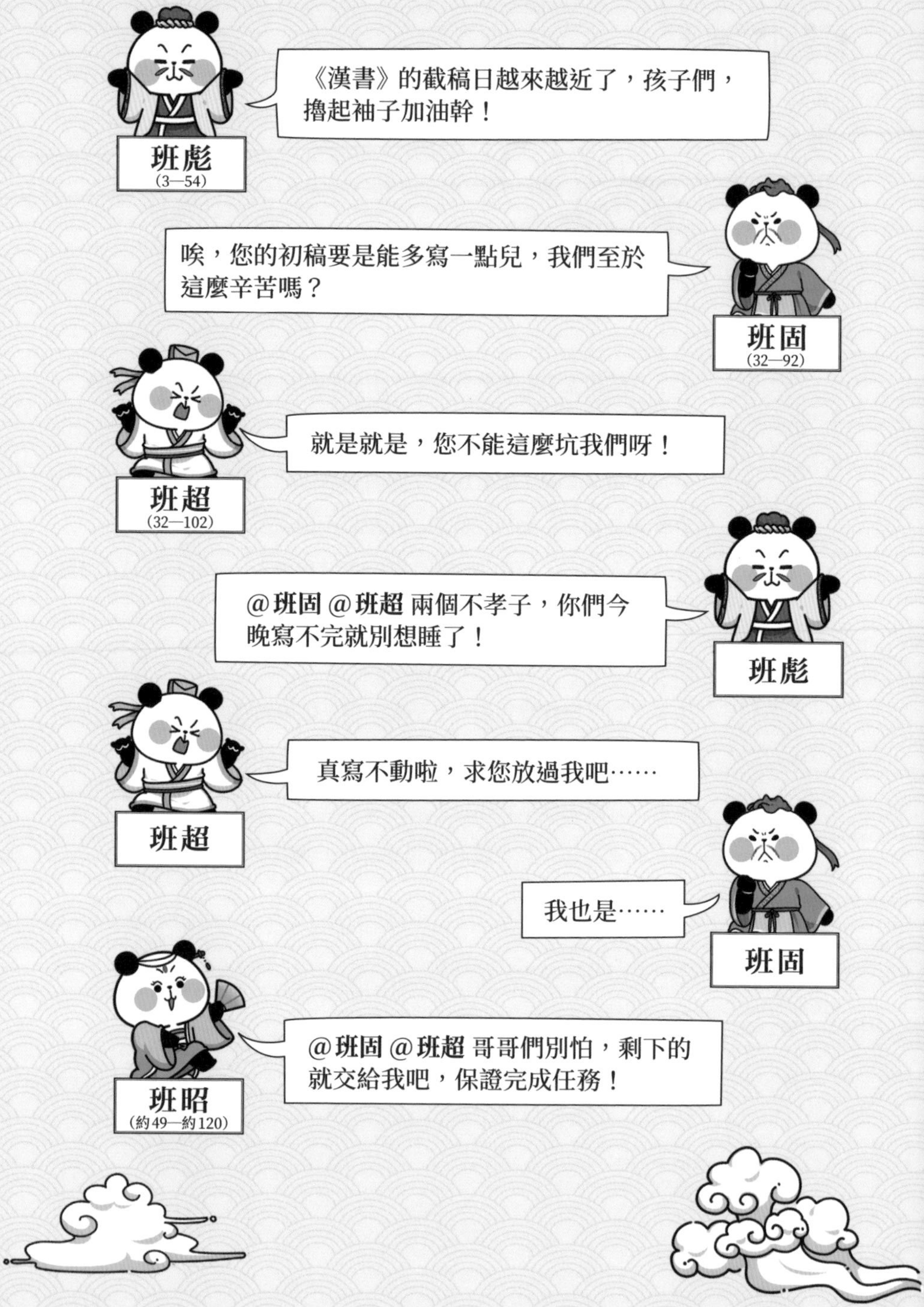
班彪
（3—54）
《漢書》的截稿日越來越近了，孩子們，擼起袖子加油幹！
班固
（32—92）
唉，您的初稿要是能多寫一點兒，我們至於這麼辛苦嗎？
班超
（32—102）
就是就是，您不能這麼坑我們呀！
班彪
@班固 @班超 兩個不孝子，你們今晚寫不完就別想睡了！
班超
真寫不動啦，求您放過我吧……
班固
我也是……
班昭
（約49—約120）
@班固 @班超 哥哥們別怕，剩下的就交給我吧，保證完成任務！

傳奇一「班」

在遙遠的東漢，有這麼一家人，他們既是歷史的見證者，也是歷史的參與者，更是歷史的傳承者。在他們的努力下，一部偉大的史學著作《漢書》橫空出世，讓我們得以窺見西漢歷史的興衰榮辱，他們就是了不起的班彪、班固、班超與班昭。兩代人同心協力，薪火相傳，不愧是傳奇一「班」！

西漢末年，有個叫班彪的熊貓從小喜歡歷史，
天天抱著司馬遷的《史記》不放手。

班彪生於西漢末年的一個官宦之家，他的姑姑班婕妤是漢成帝的妃子，爺爺班況在朝做官。班家有不少珍貴的藏書。

《史記》太有意思了，
我以後也要像司馬遷一樣！
少年班彪

然而，班彪長大後還沒來得及做喜歡的事，
班家就因為王莽篡漢而破產了！

西漢末年，身居高位的王莽先是立年僅兩歲的劉嬰為皇太子，自己以攝政的名義居天子之位，之後又篡位登基，定國號為新。

我是新朝的皇帝，
你們膽敢不聽我的話。
是不是不想幹了？
王莽
我生是漢朝熊，
死是漢朝鬼！
才不要跟著你幹呢！

為了養活自己，班彪投奔了當時割據一方的軍閥隗囂。

那邊在招聘，
你要不要去試試？
招聘
待遇從優
看起來是個好工作。

隗囂當時占據隴西一帶，距離班彪的老家不遠。

有一回，隗囂隱晦地問班彪自己適不適合做皇帝。

這頭鹿是從老劉家偷跑出來的，不如我們把牠燉了吧？
隗囂
鹿鹿那麼可愛，
怎麼可以吃鹿鹿！

《後漢書》中記載隗囂曾對班彪說：「昔秦失其鹿，劉季逐而羈之，時人復知漢乎？」意思是從前秦朝失去天下，就好比一隻鹿逃走了，要不是劉邦追到鹿當上了皇帝，當時的人們還會知道漢朝的存在嗎？

班彪寫下〈王命論〉，想勸說隗囂，
可隗囂始終不醒悟，於是班彪就離開了。

〈王命論〉是班彪為了論述漢王朝的合法性而寫的一篇文章，本意是想提醒隗囂不要妄想取代漢朝。

沒過多久，
有個叫劉秀的熊貓打敗王莽，建立了東漢王朝。

漢光武帝劉秀（前5—後57），字文叔，東漢開國皇帝。

後來班彪被推薦給了劉秀，
劉秀見他文章寫得好，便任命他當徐縣令。

你這文章寫得妙啊！
立刻到徐縣上任吧！
嘿嘿，謝謝陛下。

找到新工作後，班彪想起了兒時的理想——續寫《史記》！

老爺，該吃飯了。
不要打擾我，
《史記後傳》還沒寫完呢！

《史記後傳》是班彪收集了漢武帝太初年間以來的史料，以《史記》為基礎編撰的史書。

班彪的兩個兒子在他的言傳身教下也開始讀書學史。

哥哥班固繼承了班彪的寫作才能，十六歲就進了太學。
弟弟班超對寫作興趣不大，更喜歡舞刀弄劍。

東漢的太學設立在洛陽。

後來，妹妹班昭出生了，
班家從此又多了個勤奮好學的歷史迷。

班彪去世後，班固時常閱讀父親遺留的《史記後傳》，
但他覺得其中的內容不夠完善。

班固決定在《史記後傳》的基礎上，
全力以赴撰寫一部新的史書——《漢書》。

父彪卒，歸鄉里。固以彪所續前史未詳，乃潛精研思，欲就其業。

——《後漢書・班固傳》

鄰居們發現班固家的竹簡用量很大，
懷疑他在私下寫國史，就舉報了他。

東漢時期，不僅私修國史是被嚴格禁止的，甚至「國史」一般也不能為個人所擁有。

熊在家中坐，鍋從天上來。
班固就這麼被關進了大牢裡。

幸好班固的弟弟班超是個猛熊，直接奔到洛陽給漢明帝上書。
此時正好地方官也將班固的書稿呈給了漢明帝。

漢明帝劉莊（28—75），東漢的第二位皇帝。

漢明帝看完《漢書》後，對班固的才華讚歎不已，
不僅下令放了班固，還讓他擔任蘭臺令史。

蘭臺是漢朝皇宮內藏有書籍的中央檔案典籍庫，蘭臺令史就是負責管理兼校訂這些藏書的官員。

天哪，
這也寫得太好了吧！
立馬放出來，
就讓他繼續寫！
那我哥……
漢明帝
漢書

得到了官方認證後，
班固在撰寫《漢書》的道路上一路綠燈。

名正言順的感覺真好！

他還拉上弟弟班超一起寫。

班超不喜歡這樣的生活，
聽聞匈奴進犯邊境，他便扔下筆跑去當兵了。

成語「投筆從戎」出自《後漢書·班超傳》，意思是扔掉筆去從軍，現多形容文人放棄寫作轉而從軍。

沒想到對寫書沒興趣的班超打起仗來倒是有勇有謀，
帶領軍隊穩固了東漢在西域的統治，被封為定遠侯。

其封超為定遠侯，邑千戶。
——《後漢書·班超傳》

班
誓死效忠
定遠侯！

另一邊，班固經過二十多年的努力，
終於寫出了《漢書》的初稿！

琢磨了二十多年，
可算是寫完了！
漢
書

著作傍(ㄅㄤˋ)身的班固有了討論國事的底氣，
開始對朝中的大事小情發表意見。

陛下，這件事我覺得應該這麼做……
我不要你覺得，我要我覺得！
漢章帝

漢章帝劉炟(ㄉㄚˊ)（56—88），東漢的第三位皇帝，漢明帝和漢章帝在位期間被稱為明章之治。

有大臣認為都城洛陽不好，建議遷都，
班固直接甩出一篇〈兩都賦〉，將對方駁得啞口無言。

洛陽不好，遷都長安才能保國家興旺。
愛卿們，淡定，淡定。
胡說八道！長安好，那你怎麼不搬到長安待著呢？

西漢定都長安，東漢定都洛陽。東漢建立後，老臣懷戀故都長安。班固寫了〈兩都賦〉獻給皇帝，讚美洛陽今日的盛況已遠超長安，以此回擊主張遷都的人。

文章出名了，洛陽也保住了都城的地位，
但班固在朝中依舊沒什麼發言權。

尷尬
論政事可比寫書難多了啊！
我還是那個朝堂上的邊緣熊。

眼看弟弟班超在西域幹得風生水起，
得不到重用的班固很失落，他決定再拚搏一把。

衝呀

既然朝堂上的路走不通，那就和弟弟一樣殺敵建功吧。
於是班固加入了竇(ㄉㄡˋ)憲的軍隊，一起打跑了北邊的匈奴。

打跑匈奴，建功立業！
竇憲

漢章帝死後，年僅十歲的漢和帝即位，因漢和帝年幼，竇太后不僅自己把持朝政，還讓哥哥竇憲掌管軍權。

有了戰功之後竇憲就開始驕傲自大，時常拿官威壓熊。

到底要不要勸勸他呢？
萬一勸了我又失業怎麼辦？

班固的兒子也跟著竇家公子不務正業，
這個囂張的小團體整日橫行霸道。

他們家的奴僕因醉酒大罵了洛陽令，把洛陽令氣了個半死。

後來竇憲密謀造反被皇帝發現，和他有關係的熊貓全部受到牽連。
班固也沒能倖免，被罷了職。

班固失勢後，之前那個洛陽令趁機報復，
在班固頭上亂扣罪名，把他關進了大牢裡。

才華橫溢的班固就這樣憋屈地死在了大牢裡。

冤
死
我真的好不甘心啊！

可《漢書》此時還剩「八表」和《天文志》沒有完成。

表是紀傳體史書的基本組成部分，用列表形式記述歷史大事。《天文志》是古代史書中記載天文學和各種異常天象的重要篇章。

老弟，《漢書》沒寫完可怎麼辦哪？
老哥，你找錯熊了，我更擅長打仗啊！

班超顯然不是續寫《漢書》的第一候補，
於是這個重任就交到了他們的妹妹班昭手上。

班昭正式接過續寫《漢書》的接力棒後，
便帶著她的學生馬續，馬不停蹄地開始了編寫工作。

在班氏兩代熊的不懈努力下，《漢書》完整版終於面世！

《漢書》為後世的史書提供了一種標準範本——斷代史！

斷代史是史書的一種體例，是指只記載某一段時期或者某一個朝代的歷史，並對政治、經濟、文化等方面作全面敘述的史書。

《漢書》備受後世熊貓文士的推崇，
宋代的黃庭堅更是稱自己三天不看《漢書》就渾身難受。

如今我們耳熟能詳的「雖遠必誅」的典故，
就出自《漢書‧傅常鄭甘陳段傳》。

班氏一家為編寫《漢書》所做出的不懈努力，
也成為被後世熊貓所傳頌的傳奇篇章。

真不愧是兩漢最厲害的傳奇一「班」啊！
感謝你們為大家帶來這麼精彩的歷史故事！

蘇武傳（節選）

武既至海上，廩（ㄌㄧㄣˇ）食不至，掘野鼠去草實而食之。杖漢節牧羊，臥起操持，節旄（ㄇㄠˊ）盡落。積五六年，單（ㄔㄢˊ）于弟於靬（ㄐㄧㄢ）王弋射海上。武能網紡繳，檠（ㄑㄧㄥˊ）弓弩，於靬（ㄐㄧㄢ）王愛之，給其衣食。三歲餘，王病，賜武馬畜、服匿、穹廬。王死後，人眾徙去。其冬，丁令盜武牛羊，武復窮厄。

解讀：漢武帝派蘇武出使匈奴，匈奴人卻把蘇武抓了起來要他投降，但蘇武是個有氣節的人，二話不說就拿刀要自殺，匈奴的首領便逼他去寒冷窮困的地方放羊。沒想到蘇武放了十九年的羊依舊不肯歸順匈奴，匈奴首領無奈之下只好讓蘇武離開，回到漢朝的屬地去。

我什麼時候
才能回到故鄉啊……
咩——
咩——

《漢書》

《漢書》用八十萬字記錄了西漢長達二百三十年的歷史，從漢朝建立（前206）開始寫起，一直寫到王莽新朝被推翻（23）結束。

《漢書》是中國第一部紀傳體斷代史，與《史記》《後漢書》《三國志》合稱為「前四史」，也是現代學者研究西漢歷史的重要資料之一。《漢書》的作者班固與《史記》的作者司馬遷並稱「班馬」。

還要向前輩
多多學習。
你寫的《漢書》
很不錯，我很看好你喲。
班
司馬

不入虎穴，焉得虎子

東漢時，漢明帝派遣班超前往西域，希望他能說服西域眾國聯合起來對付匈奴。當班超帶領一隊人馬來到鄯善國（本名樓蘭）時，國王熱情地招待了他們，然而沒過幾天，鄯善國的官員突然對班超等人冷眼相待，一改先前的態度。

班超認為匈奴一定也派了使者前來勸說國王，導致國王心中產生了動搖，這才影響到了下面的官員。部下們擔心鄯善國會出賣他們，令他們落入危險的境地。班超則表示：「不入虎穴，不得虎子。只有乘夜火攻匈奴使團，才能讓鄯善誠心歸順漢朝。」於是這天夜裡，班超就帶領部下除掉了匈奴使團，國王見識到班超的勇猛，決定歸順漢朝。

盤橐城

大家知道班超行軍打仗時一直住在哪兒嗎？是住在漫天飛舞的黃沙中，還是住在像蒙古包一樣的帳篷中呢？想知道答案的話，就到新疆喀什吐曼河岸邊的盤橐城一探究竟吧！

相傳班超在生擒疏勒國國王兜題，占領王宮之後，便扎根於此，與匈奴展開了長達十七年的激烈戰鬥。隨著班超勝仗越打越多，他的名氣也越來越大，當地人也就漸漸將盤橐城叫成了班超城。雖然舊時的城樓已被戰火吞噬，我們無緣得見，但後人又在盤橐城故址上建起了3.6公尺高的班超石像，讓我們得以一窺定遠侯的往昔風采。

班固

《漢書》出版啦！我沒讓父親丟臉吧？

10 分鐘前

♡ 班彪，班昭，班超，范曄，劉勰，黃庭堅

班彪：不愧是我的好兒子！你真棒！

班昭：我也為《漢書》出過力，你們怎麼就不誇我呢？

班彪回覆班昭：誇！必須誇！我女兒巾幗不讓鬚眉！

班固回覆班昭：妹妹辛苦了，哥哥以你為驕傲！

班超：我也有功勞！我也要被誇！

范曄：感謝《漢書》帶來的靈感！不然我的《後漢書》還真寫不出來呢！

黃庭堅：都來給我看《漢書》，不看不是讀書人！

司馬遷：《漢書》寫得不錯，但我覺得還是我的《史記》更有趣，你們怎麼看？

班固回覆司馬遷：都是優秀的作品，何必非要分個高下呢？《漢書》能和《史記》並列是我們班家的榮幸！

文豪塗鴉牆

班超

比起寫史書，我還是更擅長打仗！

10 分鐘前

♡ 班固，班昭，班彪，范曄，馮夢龍

班固：弟弟，我來誇你了！你這三十多年來戍守邊疆，太不容易了，你才是我心目中的真英熊！

班超回覆班固：大哥說得真棒！我也是自己心中的英熊！

班彪：雖然你沒能繼承我的才華，但你繼承了我的骨氣！也是我的好孩子！

班昭：雖然二哥你的文采不如大哥，但名氣一點兒都不輸給他喲！

班超回覆班彪：嘿嘿！爹你終於誇我了！

班超回覆班昭：謝謝老妹，你也是女中豪傑！

馮夢龍：班超前輩用兵如神，渾身是膽！

班超回覆馮夢龍：小夥子很有眼光，有機會來找我喝酒吧！

班彪

孩子優秀主要還是因為我這個當爹的教育得好！

2 分鐘前

♡ 班固，班超，班昭，劉秀，范曄，黃庭堅

班固：爹，您低調點兒。

班彪回覆班固：為什麼要低調，我說錯了嗎？

班固回覆班彪：好像也沒錯……

班超：不對吧，您也沒教我帶兵打仗啊？

班彪回覆班超：那我要是沒教你讀書寫字，你看得懂兵書嗎？

班昭：我的大部分知識都是大哥@班固 教的。

班彪回覆班昭：他是我教出來的，他教你不就等於我教你嗎？

范曄：您的教育方針有空也給我一份吧！想學！

班彪回覆范曄：不好意思，這是我家的機密，概不外傳。

班昭

又是留在宮裡為皇后和妃嬪們講《女誡》的一天。

10 分鐘前

♡ 班彪，班固，班超，馬續，漢和帝，鄧太后

班彪：當老師很辛苦吧，注意不要累壞了身體。

班昭回覆班彪：爹爹放心。

漢和帝：把後宮的禮儀教育交給你，朕就放心多了。

班昭回覆漢和帝：感謝陛下的信任，我一定不辱使命。

鄧太后：好喜歡聽你講課啊，以後我能經常找你談論國事嗎？

班昭回覆鄧太后：當然可以啦，這是我的榮幸。

班固：真羨慕你能在太后面前談論國事……

班昭回覆班固：雖然哥哥你在政事上沒什麼天賦，但你寫作能力強啊！

班固回覆班昭：好吧。

劉禹錫

（772—842）

唐代文學家、哲學家，字夢得，洛陽（今屬河南）人。他個性豪放樂觀，剛直不阿，有時發出孤臣的悲歌，但更多的是鬥士的吶喊，雖被貶謫多年，一生初心不改，從未折腰。他出走大半生，歸來仍是少年。

是我舉起了古文運動的大旗！

柳宗元

（773—819）

唐代文學家、哲學家，字子厚，河東解(ㄒㄧㄝˋ)縣（今山西運城西南）人。

他溫文內斂，凌厲執著，大半生被貶，卻始終保持積極入世的態度。他體察民間疾苦，為底層人物立傳，是古文運動的先行者。

中唐詩壇中出現了很多詩熊組合，
比如元白、韓孟、郊寒島瘦⋯⋯

其中有一個組合，兩熊出身名門，年少成名，一見如故，
命運與共。他們就是「劉柳」——劉禹錫和柳宗元。

劉禹錫自稱祖先是漢朝宗室；
柳宗元則出身於「河東三著姓」的河東柳氏，
祖上世代為官，還出過宰相。

名門望族

河東柳氏，是唐朝時在今山西地區比較有名望的世家大族，與河東薛氏、河東裴氏並稱「河東三著姓」。柳宗元的堂高伯祖柳奭曾出任宰相。

良好的出身沒讓他們變成紈褲子弟，
而是給他們的好學提供了便利。

劉禹錫曾得到詩僧皎然、靈澈的指點學詩，
十九歲遊學長安，一炮而紅。

皎然和靈澈都是唐代著名的詩僧，與許多詩人互有唱和。

柳宗元從小受母親薰陶，又跟從父親柳鎮宦遊，
去過很多地方，見識非凡。

宦遊，指古代士子外出求官或做官。

兩熊同年參加科舉，同時考中進士，
當時都只有二十歲出頭，正是意氣風發的年紀。

幾年後，兩熊先後就職御史臺。
他們性格不同，劉禹錫張揚，柳宗元沉斂，
卻志趣相投，有共同的政治理想。

御史臺是古代國家最高監察機構。

他們參與由王叔文、王伾ㄆㄧ主導的政治改革，
推行了一系列措施，史稱永貞革新。

永貞革新，指的是在唐順宗時，官僚士大夫以打擊宦官勢力、革除政治積弊為主要目的的改革。

但這些措施觸犯了保守勢力的利益，
很快被中止了。

結果王叔文被殺，王伾病死，
劉禹錫被貶為朗州司馬，柳宗元被貶為永州司馬。

唐朝（618—907），中國歷史上繼隋朝之後的大一統王朝，定都長安（今陝西西安），是當時世界上最強盛的國家之一。

公然砸場子，
太囂張了！
還有沒有
王法了！

朗州和永州都位於今天的湖南省。

劉禹錫非常生氣，鬥志滿滿地抨擊大官僚是蚊子，
等秋天到來，蚊子就被鳥吃光了！

沉沉夏夜蘭堂開，飛蚊伺暗聲如雷。……
清商一來秋日曉，羞爾微形飼丹鳥。
——劉禹錫〈聚蚊謠〉

你給我等著，
我劉禹錫會回來的！
保守

解讀

這首詩採用比喻的手法，把那些陰險毒辣的官僚比作在昏暗中害人的蚊子，牠們總有一天會被消滅，展現了詩人在政治鬥爭中的錚錚鐵骨。

柳宗元則十分鬱悶苦惱，
把自己放逐在寂靜的冰天雪地中。

千山鳥飛絕，萬徑人蹤滅。孤舟蓑笠翁，獨釣寒江雪。——柳宗元〈江雪〉

天冷，
但沒有我的心冷。

劉禹錫得知柳宗元心情不好，
常常寫信安慰他，給他打氣。

詩句出自劉禹錫的〈秋詞〉。過去文人寫秋天，常作悲秋之語，劉禹錫卻把秋天寫得爽朗明快，表達了他樂觀開朗的心境。

子厚，你別不開心了，
看秋天的景色多美啊！
自古逢秋悲寂寥，
我言秋日勝春朝。
晴空一鶴排雲上，
便引詩情到碧霄。

有了劉禹錫的安慰，
柳宗元漸漸擺脫了低迷的情緒。

在長安時，柳宗元大力支持韓愈宣導的古文運動，
如今離開權力中心，他便成為古文運動的踐行者。

古文運動是指唐宋時期以提倡古文、反對駢文為特點的文體改革運動。

他身處官場底層，見到很多社會的黑暗面，
種種複雜的情緒在他心裡堆積、醞釀，
最終形成一篇篇散文傑作。

他喜歡寄情山水，在永州為官時，
他把永州奇美的山水風光寫進遊記中。

永州在今天的湖南省西南部，〈永州八記〉是柳宗元遊記散文的代表作。

柳宗元被後世列為唐宋古文八大家之一。

九年後，劉禹錫和柳宗元奉詔回京，再次在長安相聚，
他們已到不惑之年，卻志向不變，感情更濃。

劉禹錫不改剛直不阿的毛病，
一首桃花詩嘲諷了滿朝權貴。

紫陌紅塵拂面來，無人不道看花回。玄都觀裡桃千樹，盡是劉郎去後栽。

——劉禹錫《元和十一年自朗州召至京戲贈看花諸君子》

這些桃樹都是我被貶的時候種的吧，呵呵！
你呀，還是老樣子。
玄都觀

解讀

劉禹錫借桃花來諷刺朝中的新貴都是在自己被貶後才被提拔起來的。

很快，劉禹錫又被貶了，還連累了柳宗元。

你去播州，
你去柳州。
寫詩的是我，
貶我兄弟幹什麼？
還搞連坐啊！

無故被坑的柳宗元不僅沒抱怨，還擔心劉禹錫的老母親受不了播州的窮山惡水，請求和劉禹錫交換。

陛下，您就讓我去播州吧。
不行！

播州位於今天的貴州省，當時是極其荒涼的地方；柳州位於今天的廣西境內。

皇帝起初不同意，後來在大臣裴度的勸說下，把劉禹錫改貶到連州去了。

陛下，播州生活條件太艱苦了。
讓那個姓劉的去連州。
謝陛下。
裴度

連州位於今天的廣東省。

劉禹錫和柳宗元結伴南下，
下長江，過洞庭，轉湘江，一路到了衡陽。

分別之際，兩熊依依不捨話別。

今朝不用臨河別，垂淚千行便濯纓。
——柳宗元《衡陽與夢得分路贈別》

桂江東過連山下，相望長吟有所思。
——劉禹錫《再授連州至衡陽酬柳柳州贈別》

他們還約定晚年一起歸隱田園。

等我們老了，就當鄰居吧！
好啊！
柳州
連州
詩句出自柳宗元的〈重別夢得〉，劉禹錫回了一首〈重答柳柳州〉，表達了他們對彼此的不捨。
二十年來萬事同，今朝歧路忽西東。皇恩若許歸田地，晚歲當為鄰舍翁。

沒想到，這卻是他們此生最後的相見。

再見了，子厚！
再見！

柳宗元到柳州只過了四年多便生病去世，享年四十七歲。

彼時，劉禹錫的母親也去世了，他扶棺到衡陽時，
得知柳宗元去世的消息，號啕大哭，有如癲狂。

這幾句出自劉禹錫給柳宗元寫的祭文〈祭柳員外文〉，情真意切，感人至深。

他把好友送走，安葬了母親，
收養了柳宗元的兒子柳周六，把他視如己出。

好孩子，
以後就把我當作爸爸吧。

柳周六，大名柳告，字用益，柳宗元長子，由劉禹錫撫養成人。

他還把柳宗元的全部書稿編成《河東先生集》。

終於編好了。

幾年後，劉禹錫調任和州，
他在赴任途中想起柳宗元，不由得黯然傷心。

誰料想當年一別，
就再也見不到了。

憶昨與故人，湘江岸頭別。我馬映林嘶，
君帆轉山滅。馬嘶循古道，帆滅如流電。
千里江蘺春，故人今不見。
——劉禹錫《重至衡陽傷柳儀曹》

後來，劉禹錫終於熬出了頭，被調回洛陽。
途經金陵時，他遊覽歷史遺跡烏衣巷，感慨萬千。

榮華富貴，
都是過眼雲煙啊！
朱雀橋邊野草花，
烏衣巷口夕陽斜。
舊時王謝堂前燕，
飛入尋常百姓家。
烏衣巷

詩句出自劉禹錫的《烏衣巷》，表達了詩人對盛衰興亡的感慨。

到了揚州，他和多年筆友白居易相遇，白居易感歎劉禹錫被貶二十多年實在太冤了。

為我引杯添酒飲，與君把箸擊盤歌。詩稱國手徒為爾，命壓人頭不奈何。舉眼風光長寂寞，滿朝官職獨蹉跎。亦知合被才名折，二十三年折太多。

——白居易《醉贈劉二十八使君》

老兄，
苦了你了！
我會陪著你的。
白居易
酒

解讀

詩句表達了白居易對劉禹錫被貶二十多年的極度不平和感慨。

劉禹錫卻微微一笑，他已經釋然了！

巴山楚水淒涼地，二十三年棄置身。懷舊空吟聞笛賦，到鄉翻似爛柯人。沉舟側畔千帆過，病樹前頭萬木春。今日聽君歌一曲，暫憑杯酒長精神。

——劉禹錫《酬樂天揚州初逢席上見贈》

都是過去的事了，
來，我們喝酒！
你們還
記得我嗎？

解讀

這首詩跌宕起伏，感情真摯，既抒發了詩人被貶多年，昔日好友都已不在的感慨，又表達了他雖然經歷磨難，卻依然樂觀的精神。

劉禹錫回到長安，再次來到玄都觀。
過去的一切都已成為往事，但他不改初心。

解讀

上一次遊覽玄都觀的時候，詩人寫詩諷刺權貴，遭到報復，被貶多年。此時他回到長安，再次來到玄都觀，過去的一切都已成為往事，但詩人依舊不改本色。

桃花都變成菜花了，可劉禹錫還是那個劉禹錫！
玄都觀

百畝庭中半是苔，桃花淨盡菜花開。
種桃道士歸何處，前度劉郎今又來。
——劉禹錫〈再游玄都觀〉

他雖然年老病衰，經歷了多年貶官的熊生低谷，
但他還是那個積極樂觀的劉禹錫。

解讀

不要說流言蜚語像惡流一樣使人無法脫身，不要說被貶的人像泥沙一樣永遠下沉。淘金要千遍萬遍地過濾，雖然辛苦，但只有淘盡了泥沙，才會露出閃亮的黃金。

您都多大年紀了，還爬樹？摔著怎麼辦！

莫道讒言如浪深，莫言遷客似沙沉。
千淘萬漉雖辛苦，吹盡狂沙始到金。
——劉禹錫的〈浪淘沙九首・其八〉

劉禹錫一生豪放樂觀，寧折不彎，
詩風高揚激越、清峻明朗，被稱為「詩豪」。

你呀，秉性太剛強了，
誰敢跟你叫板啊？
你不就敢嗎？

彭城劉夢得，詩豪者也。其鋒森然，少敢當者。予不量力，往往犯之。夫合應者聲同，交爭者力敵，一往一復，欲罷不能。

——《舊唐書．劉禹錫傳》

解讀

這段話是白居易為劉禹錫的詩集作序時所寫的。

當年，柳宗元曾對劉禹錫說「晚歲當為鄰舍翁」，
但最後和劉禹錫做了鄰居的卻是白居易。

老劉，梨花白釀好了，
來喝酒！
來啦！
白宅
劉宅

劉禹錫晚年和白居易同住洛陽，與裴度等朋友交遊賦詩、唱和對吟。

但那個令劉禹錫「懷舊空吟聞笛賦」的好友，
那個「二十年來萬事同」的好友，始終不曾遠去……

陋室銘

山不在高，有仙則名。水不在深，有龍則靈。斯是陋室，惟吾德馨。苔痕上階綠，草色入簾青。談笑有鴻儒，往來無白丁。可以調素琴，閱金經。無絲竹之亂耳，無案牘之勞形。南陽諸葛廬，西蜀子雲亭。孔子云：何陋之有？

——劉禹錫

解讀：這篇文章是劉禹錫被貶和州時所作。當時劉禹錫受到和州地方官的刁難，因此寫下這篇文章，通過描寫「陋室」恬靜的環境及主人雅致的風度，表達出他樂觀的精神和高潔的情操。

小石潭記（節選）

從小丘西行百二十步，隔篁竹，聞水聲，如鳴珮環，心樂之。伐竹取道，下見小潭，水尤清冽。全石以為底，近岸，卷石底以出，為坻為嶼，為嵁為岩。青樹翠蔓，蒙絡搖綴，參差披拂。

——柳宗元

解讀：這篇遊記是柳宗元被貶永州時，和幾個朋友一起遊覽永州山水後所作。文章以優美的語言描寫了小石潭的景色，並藉幽僻、淒涼的環境描寫，含蓄地抒發了自己被貶後無法排遣的憂傷淒涼之情。

劉禹錫的詠史詩

劉禹錫不僅擅長寫散文，他的詠史詩寫得也非常好。他常年貶官在外，去過很多地方，見過很多風情人物，遊覽過很多名勝古跡，他把由此產生的感慨和思考都寫進了詩中。劉禹錫的詠史詩代表作有〈西塞山懷古〉〈金陵五題〉〈蜀先主廟〉等，沉著痛快，給人以滄桑、雋永之感。

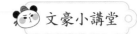

柳宗元的文學主張

柳宗元小時候跟父親宦遊時見過很多民間疾苦。他做官後又被守舊派打壓，常年貶官在外，也因此和百姓打成一片，瞭解百姓真實的喜怒悲歡。正因如此，柳宗元不管做事還是寫文章，都提倡要從社會的實際出發，重在有益於國事。所以他反對當時盛行的不重視內容的、華而不實的駢ㄆㄧㄢˊ文，提倡寫注重內容的、反映現實的文章，這就是「文以明道」「文道合一」。

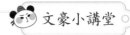

劉禹錫公園

劉禹錫自述「家本滎上，籍占洛陽」，「滎上」就在今天的河南滎陽，這裡是劉禹錫的故鄉。到了現代，這裡的人們為了紀念他，打造了一座劉禹錫公園。

公園幾乎是劉禹錫人生的縮影，這裡有他的雕像和墓，有溪流湖泊、山石亭臺等美景，還有十三座用唐代地名命名的牌坊，記錄了他一生的足跡，如朗州坊、連州坊、和州坊、揚州坊……劉禹錫被貶朗州，在那裡寫下〈竹枝詞〉；他在去和州赴任的路上寫下〈望洞庭〉；他結束貶謫生涯，回京途中，在揚州和白居易相見，寫下〈酬樂天揚州初逢席上見贈〉……

這些地名記錄了劉禹錫遭受的挫折和磨難，更記錄了他樂觀豁達的精神。

柳宗元紀念館

柳宗元第二次被貶官，就是被貶到了廣西柳州，他在這裡只生活了四年就去世了，可就在這短短的四年裡，他做了很多有利於百姓的實事，他釋放奴婢、興辦學堂、開鑿水井，還帶領大家開荒建設……當地的百姓一直記著他。現在，當地政府建立了柳宗元紀念館，我們這就去參觀一下吧。

走進大門，可以看到柳宗元的雕像。再往裡走就到了柳侯祠，祠後是柳宗元生前最喜歡的羅池，他常常來這裡賞景、散心。羅池旁邊還修建了一座柑香亭，寓意是「柳侯種柑餘香猶存」，後來這裡成了文人墨客談論詩文的地方，直到今天也非常熱鬧。

劉禹錫

子厚說今天捨命陪君子，我們不醉不歸！

14 分鐘前

♡白居易，韓愈，元稹ㄓㄣˇ，裴度，王叔文

白居易：我還有十秒到達現場！

元稹：帶我一個！

裴度：怎麼能少了我，我自帶美酒兩壇。

韓愈：你們倆就背著我搞小團體！明明是三個人的聚會，我卻始終不曾有姓名！

劉禹錫回覆白居易：門都開了，就等你了！

劉禹錫回覆元稹：來呀，快來！

劉禹錫回覆裴度：歡迎歡迎，熱烈歡迎！

劉禹錫回覆韓愈：子厚說怎麼能少了韓兄，快來！

柳宗元

突然翻到老照片，現在追憶遊山玩水的舊時光，其實也很快樂。

5 分鐘前

♡劉禹錫，韓愈，裴度，裴行立，盧遵，王叔文，王伾

劉禹錫：帶上我，你會更快樂。

韓愈：是呀，有很多事情，發生的時候是一種情緒，回憶起來又是另一種。還有，照片拍得不錯。

盧遵：舉手，照片是我拍的。

裴行立：我們有時間也組織一場大型春遊吧，把兄弟們都叫上。

韓愈回覆劉禹錫：要點兒臉。

柳宗元回覆劉禹錫：是是是。

柳宗元回覆韓愈：韓大哥，夢得什麼樣，你還不知道嗎？

柳宗元回覆盧遵：你個小機靈鬼。

柳宗元回覆裴行立：好啊！

劉禹錫回覆柳宗元：我懷疑你在諷刺我。

柳宗元回覆劉禹錫：是光明正大地誇你。